KB075053

걸림돌

정대인 시집

쉽게 더 쉽게 이보다도

더 쉽게 쓸 수가 없었습니다

차 례

● 시인의 말

제1부

제2부

제4부

제1부

참꽃

내가 피는 까닭은
따먹히려고 핀다
맛있어 보이려고
발갛게 핀다
무더기로 핀다

내가 따먹히니까
나는 부자다
무더기로 따먹히니까
봄 한 철은 내가
제일 부자다

가을미인대회

만반의 만반을 대비해
사과는 탱글탱글 빵빵하고
대추는 쭈글쭈글 주름잡고
땡감은 자신만만 감 잡고
모과는 분수도 모르고
제각각 박수부대 동원하고
가을미인대회장에서
서로서로 뜯어보고
한목소리로 그 얼굴을
어디에다 내미느냐고 웃는다.
손도 안 대고 눈만 들면
성형외과인데

끗발

내 앞에선 예외가 없다
새내기도 말 많은 이론가도
한 나라의 대통령일지라도
내 말에 토 달지 않고
내가 벗으라면 순순히 벗고
내가 입으라면 두말없이 입는다,
도대체 뭔 끗발을 쥐었냐고?
끗발은 뭔 놈의 끗발 나는
배곯지 않겠다고 배운 대로
그들의 몸매를 염두에 두고
자르고 보정하고 다시 잇는
맞춤 양복 디자이너이다

먼지에 대하여

털면 나오는
먼지 털고 닦을 때는
거드는 척만 해도
부부 사이에
온기가 스며들고

먼지로 인해
남들처럼 자식 가르치고
밥걱정 안 하고
취미 활동하는
사람들이 많은데

탈탈 털어도
먼지 한 점 안 나오는
사람은 안타깝게도
이웃을 국가를
모르는 사람이다

우짤라꼬

나는 꾸지 말아야 할 꿈을 꾼다
왜 그런 꿈이 나에게 꾸이는 걸까
개나 소나 하는 의원님도 아닌
대통령이 되는 꿈, 어제도 그제도 꾸었다 내가
대통령이면 가문의 영광이지만
다른 것은 몰라도 이것 하나는 아는데
국가보조금 빼 먹는 짝퉁 시민단체
그것 하나도 감당할 능력이 없는 나에게
우짤라꼬 자꾸 그런 꿈이 꾸이게 되는 걸까
고놈의 꿈 때문에 잠을 이룰 수가 없다

누가 내 꿈을 사 가시면
그는 대통령이 되고
나는 한시름 드는데
짜장면 한 그릇 값이면 되는데
말만 잘하면 거저 드릴 수도 있는데

명품 지갑

여행 갔다 온 며느리에게
선물 받았다는 지인의 명품 지갑
이탈리아 장인匠人이 만든
예닐곱 달 키운 타조 가죽이라고
보들보들하면서도 질기다고
몇 년 쓰다가 중고 시장에 내놔도
삼백만 원은 더 받을 수 있다고
명품 지갑이 분위기를 잡았다.
그날 주거니 받거니 먹은
술 밥값 오만 팔천오백 원은
며느리 잘 봤다고 박수 보내준
만 원짜리 지갑들이 십시일반 냈다.
명품 지갑은 배가 아프다고
화장실 가는 바람에

걸림돌

내 앞에 알짱거리는

걸림돌을 걷어차다가 황소 가죽구두가 찢어지고

오른쪽 엄지발가락이 골절됐다 나는

왼발로 한 번 더 걷어차려고 하다가 마음을 고쳐먹고

걸림돌을 살살 꼬셔다가 담을 치니까

무지막지 탱크처럼 달려들던 바람은 하나같이

머리가 깨져 엉엉 울면서 되돌아간다.

국도 찬도 없는 주먹밥만 먹여줘도

나를 상전처럼 대하고 팔랑팔랑 깃발 펄럭이고

앞장서서 걸림돌이 걸림돌을 뽑는다.

걷어차는 대신에 끼고도니까 용병처럼 행동한다.

가끔 나를 팔아먹는 바람에 원성이 빗발칠 때도 있지만

새바람을 불어넣어 담금질하니까

강철보다 강하고 반짝반짝하는 돌이

걸림돌이다

부처님의 혜안慧眼

부처님은 눈이 밝다
눈앞에 있는 것만 보지 않고
천리 밖에 있는 것도 보고
내일 무슨 일이 일어날지도 미리 내다보신다.

누가 무슨 짓을 하는지 다 보시지만
잘잘못을 가려서 나무라는 법이 없고
절에 한번 왔다 가라는 눈짓도 없다

오면 오는 대로 가면 가는 대로
앉으면 앉은 대로 서면 선 대로
누구는 되고 누구는 안 되고 가리질 않고

'있는 것은 있고 없는 것은 없고'

스스로 찾고 스스로 깨치길, 부처님은
지그시 바라만 볼 뿐, 인연을 앞세우지 않고
먼저 자리 뜬다고
붙들어 앉히지도 않고

초롱꽃

초롱꽃은 어김없이
한 해 한차례 날 잡아
제 몸에 줄줄이 초롱 달고
밥상은 저리 물리고
이슬로 입술만 축이고
태풍에도 끄떡없이
삼칠일 내내 초롱초롱
일 년 공부 몰아서 한다
수행승의 염불처럼
카랑카랑 글 읽을 때는
부엉이도 소나무도 돌멩이도
쫑긋쫑긋 받아 적는다
훅! 까먹을까 봐

단추

그는 언제 봐도 웃는다
어제도 웃었고 오늘도 웃고 있다

온몸이 얼굴이고 온 얼굴이 눈이다
싱긋 눈웃음으로 웃는다

유혹하는 웃음이 아니라
담뿍 정이 묻어나는 웃음이다

일에 꽁꽁 매달려서도 웃고
일자리가 없어 놀면서도 웃고 있다

좋아도 웃고 싫어도 웃고
누가 집적거려도 동그랗게 웃는다

웃는 모습이 하도 좋아
나도 따라 동그랗게 웃어본다

낙장불입

연락이 왔어

저 위에서 날 한번 만나보고 싶다고

그래서 만났지 만나자마자 물었지 내 성질머리가

그는 소문을 들어 익히 알고 있다고

고스톱을 그리 잘 친다고

낼 모래면 백수에 입문하는데 퇴임을 앞두고

일찍이 한 수 배운다는 입장에서

막걸리 내기 한판 치자고

치다가 슬쩍 판돈을 양말에 쑤셔 박지 말고

털면 다 나오게 되어 있다고

그래서 예의 없이 내가 한마디 갔다 올려붙였지

그건 거기서 할 말은 아닌 것 같다고

고스톱판에는 국법보다 고스톱법이 우선이고

고스톱의 법률에 의거 이름 걸고

판 벌리는 전문가적 입장에서

까닥하다가는 까닥할 수도 있다고

그래도 굳이 한판 치고 싶다면

특별 배려한다손 치더라도 두세 달 전에 예약해야

패를 잡아 볼 수 있다고
고스톱의 꽃은 쓰리고 이고
낙장불입이라고

그러다가 그만 깼지,
똥이 마려워

따뜻한 은행

날마다 알 낳는

둥지처럼 나는 돈 낳는

작은 은행을 하나 차리고 싶은데

손바닥보다 작아도 되는데

차리기만 하면 대박인데

토끼처럼 뛰고 뛰어 봐도 나는

차리는 방법을 알 길이 없어

내가 은행이 되어야겠다

내가 따뜻한 은행이 되어서

울 엄마 큰 병원에서 치료받고

알록달록한 새 옷 사 입고

친구 따라 여행도 가고 사진도 찍고

나를 학원에 보내주도록

쑥쑥 뽑아드리려고

따뜻한 새 돈으로

용심부리는 데는 장사 없다

배알을 내주고

쓸개를 떼 줘도 용심부리는 데는

설득의 제왕인 공자님도 자존심만 구겼다고 땅을 치시고

웃음이 전문인 부처님도 입술을 깨무신다

동에 번쩍 서에 번쩍 순찰 돌고

눈 밝은 저승사자도 못 본 처하고 지나가신다

언젠가 용심부리는 한 놈을 잡아갔다가

그 버릇 어데 가겠냐고 물 흐린다고

한시도 지체 없이 돌려보내라는 염라대왕님 노기에

사흘낮밤 꼼짝없이 꿇어앉아 벌섰다고

그러니까 천년만년 살고 싶다면

예약하기 힘들고 불친절한 대학병원 가고 비싼 인삼 녹용보다

제대로 용심부리면 그것으로 만사형통이다

개떡

울 엄마가 보리등겨에
소다와 사카린 넣고
개떡 찌는 날에는
나보다도 내 방귀가 더
신이 나서 어쩔 줄 모른다
울 엄마 손바닥만 한
개떡 하나 먹고 나면
앉아도 뿡 서도 뿡
걸어도 뿡 뛰어도 뿡
교실에서도 뿡뿡한다

영도다리

다리가 힘이 좋아야
사랑받는다

힘 좋은 다리가 어딜 가도
사랑받는다

영도다리는 힘이 좋다

힘이 남아돌아
끄덕끄덕한다

영도다리가 힘이 좋은 것은
고등어 힘이다

부산 고등어 먹고
끄덕끄덕한다

그러므로 영도다리는
사랑받는다

하루살이의 꿈

하루살이에게

설문조사 중인데 설문조사에 응해 주신다면

내일, 레스토랑에서

스테이크와 프랑스산 와인을 대접하겠다고

그리고 물었다 하루살이도 꿈이 있는지,

하루살이는 꿈이 없었는데

방금 꿈이 하나 생겼다고

하루, 더 살아서 듣도 보도 못한 레스토랑에서

스테이크와 프랑스산 와인을

공짜로 먹어보는 것이라고

마음의 눈

부안 바닷가에서
맹인들이 채석강을 바라보고
이야기하며 즐거워한다
누군가가 맹인들이 뭘 보고
저렇게 즐거워할까 라는
모기보다 작은 목소리에
귀가 밝은 맹인 한 사람이
우리요, 비행기 타고
제주도도 갔다 왔는걸요,
성산일출봉 해돋이도 봤고
가는데 마다 경치가 끝내주고
공기가 너무 깨끗하니까
안 갔으면 꼭 한번 가보세요
라고 환하게 웃었다

일용직 박 씨

새벽 인력시장에서
용케 선택받은 박 씨
아파트 공사장 벽돌공의 보조로
하루 일을 무사히 치르고
일당을 받아 쥔 박 씨는
먼지만 대충 닦고 함바에서
깍두기 놓고 막걸리 한잔하고
하루를 말아 둘러매고
집으로 가다가 트림 한번하고
별 보고 방귀 한 방 날리고
세상이 다 내 것 같다고 애국가를
불렀다 웅얼웅얼
2절까지

제2부

기출문제

회전의자가 탐이 나신다면
돈은 돌이라고 하고
돌은 신이라고 하고
두 손 모으고 머리 조아리고 공손하게 하고

곤란한 질문은
성질은 죽이고 눈은 부드럽게
기억나지 않는다고 기억이 없다고
전혀 기억이 없다고

증거를 내보이면
그건 측근이 한 것 같다고 나는
모르는 일이라고 알았다면
당연히 못 하게 말렸을 것이라고

그래도 들이대면
실실 웃음을 흘리시고
기회가 주어진다면 국가와 국민 민주주의 위해

봉사하겠다고 입발림해야 합니다

그래야
살아남아서 보란 듯이
이쑤시개 물고 비딱하게 앉아 뱅글뱅글
돌려 볼 수가 있습니다.

유튜버

유튜브에서
진실은 빈 깡통이지만
거짓은 곧 돈이다
그 돈은 순전히 노력의 대가이고 명성이므로
죄책감이 없어야 하고
당당해야 한다

모범사례를 보면
대포大砲적인 이가 '짐떠중'이다
맞장구는 똥색이라고
그가 불러 주면
조지시비 빠져라 달려가서 맞장구치는 인사가 쌔빗다
안 불러순다고 애걸복걸하는 인사도 쌔빗고

짐떠중을 교주처럼 섬기고
그의 한마디 한마디에
눈물짓고 몸을 비틀고
열렬히 박수치는 이들도 쌔빗고

욕하면서 따라 하는 유튜버들도 쌔빗다

그중에 나도 끼여 있고

짐떠중을 키운 건

8할이 허가받은 신문 방송이다

그 신문 방송에서

그를 씹어 돌리면 돌릴수록

그의 통장에는 똥그라미가 나날이 차곡차곡 쌓인다.

짐떠중!

내는 니 사랑 한데이

잊지 말고 내 용돈 좀 부처

도라

분노에 대하여

받아먹는 데는 공짜지만
독이 들어 있다 그러니까 날로 먹지 말고
분노에 설탕은 일 대 일이고 준비된 설탕이 없다면
분노는 팔이고 소금은 이를
옹기에 담아 밀봉하고 이불 두르고
사흘만 재워도 독이 거의 다 빠진다,
그걸 잘 벼린 칼로 토막토막 잘라
설탕에 재운 것은 차로 마셔도 좋고
소금에 절인 것은 연탄불 석쇠에 노릇노릇 굽거나
냄비에 뽀글뽀글 볶아놓으면
밥 두 그릇 게 눈 감추듯 해치울 수 있고
술안주로도 안성맞춤이다
귀한 것은 혼자 먹을 때보다
여럿이 어울려 먹을 때 한결 맛이 좋다
차로든 반찬이든 술안주로든 아끼지 말고 먹어야 한다
아껴두면 쉬이 상할 수 있으므로 분노도 그렇게
섭섭지는 않을 것이다

매화

추錘가 흔들리니까

온갖 잡것들이 설친다. 그중에 뿔 달린

개가 고고하게 죽은 '매화'를

불러내고 물어뜯는다. 뜯다가 뜯다가

배꼽 아래까지 껑껑 물어뜯으니까

보다 못한 머물들이 들고 일어나

그쯤에서 당장 물러서라는 호통에도

물러서기는커녕 오히려

박수부대 끌어모아 보란 듯 히죽거리고

그들 바람에 힘입어 날개 달고 샴페인 터뜨렸다

그리하여

뿔 달린 개는 꽃길이고

고고한 매화는 만신창이고

호통치던 머물들은 죄 없는

하늘만 쳐다보고

마애불의 법문

마애불의 법문은
마애불이 머금은 미소에 있다
마애불이 머금은 미소는
석공의 손과 정과 망치이고
손과 정과 망치는 석공의 법문이다
경주 남산 등산길에 우연히 만난
천년 너머 머금은 마애불 미소에
불국사 석탑처럼 층층 쌓아둔 번뇌가
한꺼번에 사르르 녹아내렸다
나는 마애불 불전에 무릎 꿇고
삼동 땀에 젖은 배낭에서 꺼낸
믹스커피 두 잔을 올렸다
한 잔은 마애불에게
한 잔은 이름 모를 그 석공에게

바람 나그네

눈 비비고 잠에서 깬 바람은

길 나설 때는 갈 길을 딱히 정하지 않는다

발길 닿는 대로 가다가 쉬다가 가다가

사과밭에 들러 사과 하나 따먹고 기운 차리고

다시 가다가 돌하르방 모자 쌩 날리고

산을 넘고 강을 건너 꼿꼿하다는 전봇대 붙잡고

한바탕 씨름하다가 힘에 부치자

갯바위 낚시꾼 옆에 쪼그리고 앉아

도다리회 한 점에 소주 한잔 얻어먹고

돼지 멱따는 것처럼 한가락 뽑다가

슬며시 사라진다, 바람결만 층층 쌓아놓고

나를 모셔가세요

나를 모셔가세요.

건설 현장에서는 쓸모가 없지만

입은 살아 있습니다. 나불나불 살아 있습니다.

거짓말을 참말처럼 하는 재주가 있습니다.

끊임없이 할 수 있습니다.

분노를 부추기는 재주도 겸비하고 있습니다.

상대방은 조지고 지지자들은 꽁꽁 묶어둘 수 있습니다.

상대방도 호시탐탐 예의 주시하고 있습니다.

까딱하다가는 나를 빼앗길 수도 있습니다.

거짓말이라면 유들유들하게 할 수 있습니다.

택배 현장에서는 쓸모가 없지만

입은 나불나불 살아 있습니다.

거짓말을 참말처럼 하는 데라면 자신만만합니다.

끊임없이 할 수 있습니다.

나를 모셔가세요.

큰 것도 안 바랍니다.

똥색 배지! 하나면 충분합니다.

똥색 배지!

정체성

내가 누구냐고?

나도 모르지 그걸

내가 알면

내가 이러고 있겠나,

뭐라도 하지

아무것도 안 하고 놀아도

집도 지어주고

살림도 살아주고

길도 닦아주고

학교도 세워주고

대신 아파도 주고

원하는 것 필요한 것

다 해준다는데

누가?

선거가

여의도

시장에 사과가 저리 비싸니까
다들 난리다 썩은 사과라도

버리지 않고 싸그리 끌어모으고
창고 가장자리에 묵혀두었다가

그걸 먼지도 안 닦고 다시
시장에 풀어놓자 소비자들의

볼멘소리에 바쁘다 폐기 처분하고
이번에야말로 다르다고 내놓은

그 사과도 거기서 거기다
소비자들의 주의가 요구된다

성공학 개론

어렵지 않고 쉽습니다.

하다 보면 아시겠지만 초보자는 더 쉽습니다.

성공은 남을 딛고 일어서는 과정입니다.

여의도에 전을 펴야 한다면

무가내하 민주화 유공자처럼 티 없이 맑은 면상에

짜배기 꼬듯이 배배 꼬는 법부터 배워야 합니다.

배배 꼬는 법을 무장하고

빈손을 크게 팔아먹는 호박에 줄 긋는

실수도 수라는 물러서면 죽는 줄 아는

얼토당토않은 환상적인 전을 펴야 합니다.

그래야 팔리고 단골이 불어나고 당신은

당신이 그토록 고대하던 걸 턱 하니 옷깃에 달고

떵떵거릴 수가 있습니다.

피똥 싸는 그날까지

어렵지 않게

웃고

어떤 위인

　　— 이봐, 내가 누군지 몰라?
눈과 귀는 어따 두고 그래
의자는 몰라도 물은 한 잔 줘야지
내가 누군지 정말 몰라?
　　— 아, 예 알지요 알고 말고요.
세상 사람들이 다 아는 분이시지요
명예를 위해 마이크 달린 입으로
시도 때도 없이 헛소리하는
그야말로 유명하신 분이시지요

죽성성당*

부산 기장 죽성마을

바닷가 기기묘묘한 바위 위에

그림엽서처럼 첨탑 빨간 성당이 우뚝하다

우뚝한 그 성당에는

성사를 집행하는 신부도 수녀도 없다

입교入敎 권면勸勉하는 이도 없다

매일 수백 명이 성당에 찾아오지만

미사에는 아예 관심조차 없다

준비된 성수도 없고

주일 헌금에 부끄러워 눈감는 이도 없다

성당 안팎 삼삼오오 인증사진 찍고

환영幻影에 젖은 표정들

그 표정들은 오직 죽성성당에만 볼 수 있는

드라마를 신봉하는 주인공들이다

* 드라마세트장

안부

오랜만에 만난 친구와 나는
요즘 어떻게 사느냐고 서로 묻다가
친구는 골프가 예전 같지 않다고 했다
힘만 들어가고 거리가 안 난다고
그러니까 힘이 더 들어간다고
나는 똥 싸는 재미로 산다고 했다
시도 때도 없이 들락날락 않고
시원하게 하루에 딱 한 번만 싼다고
그것도 바나나처럼 굵고 노랗게

상부상조

아이고, 어서 오세요
또, 뭘 그리 들고 오십니까?
그냥 오셔도 괜찮은데
이쪽으로 앉으세요, 편히
먼젓번 것도 다 못 썼는데
본 사람 본 사람은 없지요
그럼요, 누가 봐도 괜찮아요
빌렸다고 하면 다 통해요
그럼 딴말하면 안 됩니다
부탁한 것은 잘될 것입니다
내가 다 조치해 놨으니까
그것 도로 가져가시지 마시고
책상 밑에 두고 가세요
다시 한번 조치해 둘 테니까
걱정 마시고 돌아가세요
절대 딴말하면 안 됩니다

면허증

신神도 부러워하는
반듯한 사무실에
줄줄이 비서가 달리고
출근과 관계없이
다달이 돈 나오고
버럭 소리 지르고
밥 먹듯 거짓말해도
끄떡없는 면허증

뜬구름

신神을 만나러 가면서 빈손으로 갈 수가 없어
투명한 유리병에 뜬구름 담아 신께 올리고
번거롭게 드실 필요 없이 침대 곁에 두고
바라만 봐도 이불이 들썩들썩한다니까
목소리 낮추라고 여기도 김영란법이 있다고
그래서 가만히 있는데 원하는 걸 묻기에
저승사자 한번 해보는 것이 꿈이라니까
거기는 나같이 여린 사람은 안 되고
눈이 반짝반짝 기가 센 사람 가는 자리라고
그 대신 도깨비 배지를 하나 달아주시겠다고
잘만 하면 평생 먹고사는데 끄떡없고
아무 말이나 막 해도 박수 받는다고
눈감고 좌든 우든 맘대로 하나 골라잡으라 하시기에
골라잡고 눈뜨니까 신神은 온데간데없고
뜬구름이 나를 붙잡고 있더라.

오늘따라

망했다 망했어!
비가 주룩주룩 내리든지
바람이 쌩쌩 불든지
차가 고장 나든지
길이 끊어지든지
뭔가 있어야 하는데
오늘따라 아무 일이 없어
망했다 어렵게 날 잡아
데이트했는데

건망증

여우가 형님으로 모시는 도깨비에게 사업밑천으로 3천 냥을 1부 이자 1년 만기로 빌렸다 의외로 사업이 잘돼 6개월 만에 2천 냥은 갚았다 여우는 까마귀고기 먹으면 지나간 일은 깡그리 잊어버린다는 것을 어디서 듣고 남은 1천 냥은 떼먹을 욕심에 까마귀고기를 구해 도깨비가 빚 받으러 오자 옳다구나 싶어 술과 까마귀고기를 권하고 또 권했다 도깨비는 이빨 쑤시며 참 잘 먹었다고 돌아갔는데 그다음 날 아침 일찍 도깨비가 찾아와 빌린 3천 냥을 내놓으란다, 막내 집 사는 데 보태줘야 한다고 당황한 여우가 6개월 만에 이자와 원금 2천 냥은 갚았고 남은 건 1천 냥이라고 아무리 설명해도 도깨비는 받은 기억이 없다고 그런 기억이 전혀 없다고 두말 말고 원금 3천 냥에 이자 1부 쳐서 빨리 내놓으라고 닦달한다.

여우는 작은 것을 욕심부리다가
까마귀 덫에 걸려 오히려 덤터기 쓰고
갚은 걸 또 갚아야만 했다

제3부

건강을 위하여

건강하지 못한 사람들이
건강을 위한 모임에서
한 해를 보내면서 술잔을 머리 높이 들고
외친다, 건강을 위하여!

술이 너무 밍밍하다며
좋은데이를 맥주에 돌돌 말아
외친다, 우리는 아프지 말고
건강 건강을 위하여!

술이 입에 달라붙는다며
이모 여기 좋은데이 하나, 맥주 하나 더
혀가 꼬부라져 외친다,
우리는 영원한 건강을 위하여!

튀밥

5월의 산책길에 나뒹구는
아카시아 흰 꽃잎이 강냉이 튀밥 같아
엄마 생각이 울컥한다

내 새끼 한 됫박 못 튀겨주는데
뻥튀기 장수는 뭐 하러 여까지 쳐왔냐고
구시렁대던 울 엄마

튀밥 대신 쑥버무리 해주신다고
논두렁 밭두렁에서 콧물 흘리시며
오지게 쑥 캐던 울 엄마

아카시아 흰 꽃잎이 나뒹구는
5월의 산책길은 한참 돌아서 가야겠다
차마 밟을 수가 없어

분노에 대하여

마음을 날 서게 하는
분노는 남이 생산해
제공하는 줄 알았는데
그것이 내 몸 안에서
뱀처럼 똬리 틀고 앉아
주는 대로 날름날름
받아먹고 똥을 쌌다
그것도 모르고 나는
수천 년을 칼 갈았다

법당의 거울

법당에는
돌아봐도 둘러봐도
거울이 없다

매무새 고칠 거울은 없는데

부처님께
두 손 모으고
절하고 절하다 보면

눈 떠도 보이고
눈 감아도 보이는
거울이 있다

그 거울을
부처님이 가슴에 꾸욱
심어주신다

유산

박물관에서 본
고려청자
우리 집보다 백배 비싸다는
고려청자

누가 훔쳐 가면
어쩌다 떨어뜨리면
아찔하다

조상 대대로
물려받은 고려청자 한 점
우리 집에
없어 다행이다

별똥

친구들보다 일찍 일어나
별똥 망태 둘러메고
골목골목 별똥 주워 모아
고추밭에 골고루 넣었더니
별처럼 고추가 반짝반짝
군인 가신 아버지 대신에
내 운동화를 사 주셨다
올가을 운동회 때 뜀뛰라고

울 엄마 파마

이웃에 길쌈 갔던 울 엄마
해거름에 머리에 흰 베수건 두르고 왔다
열여섯에 비녀 꽂고 진주 정 씨 집안에 시집와
십여 년 만에 머리 자르고 뽀글뽀글 볶았는데
본데없는 갈보 머리라고 집안 우세시킨다고
엄마는 아빠한테 쫓겨났다
옥종이 엄마는 옥종이 아빠한테 쫓겨나고
구실아지매 구실아재 지겟작대기에 얻어맞고
뽀글뽀글 볶은 엄마들 얻어맞거나 쫓겨나고
한 집 건너 우당탕탕 장독 깨지는 소리에
보따리 파마 기술자 품삯도 못 챙기고 도망갔다
국민학교 여선생님 둘 빼고
울 엄마 첫 파마, 역사가 된 첫 파마가
밤새도록 온 동네를 달달 볶았다

사주팔자

내 나이 열 살 무렵에
어른들 말씀에 끼어들었지요
당산나무 아래 모인 어른들 말씀이
대통령 될 팔자 부자 될 팔자
딴따라 될 팔자 거지 될 팔자는
태어나는 날에 따라 정해진다고
그게 사주팔자라고 하시기에
나는 그거야 별로 어렵지 않다고
대통령 낳고 부자 낳는 것은
누워서 떡 먹기라고 했지요
어른들이 그게 무슨 소린가 싶어
귀를 쫑긋 세우시는데 나는
사주팔자 좋은 날, 딱 골라놓고
열 달을 하루하루 거꾸로 세어보고
그날에 그거 하시면 된다니까
눈치 빠른 어른들은 배꼽을 잡고
내 이마엔 꿀밤이 주렁주렁

똥 맛본 사또

오래된 소문인데요,

음력 시월 보름날

가근방에서 방귀깨나 뀐다는 문중에서

바리바리 짊어지고

고을 사또를 지낸

조상 무덤에 묘사를 갔는데요,

상석 위에 똥이

몇 무더기 까맣게 말라붙어 있었는데요,

산등성이라 물은 멀리 있고

안절부절못하다가

사또에게 올려야 할

맑은 술로 빡빡 닦아냈대요,

그날 이후

매년 시월 보름날이면 잊지 않고

죽은 사또가 동네 머슴들이랑 아이들을

정승 대접한대요,

대나무

대나무는 세상에 나올 때는
고깔모자 쓰고 얼굴은 감추고
겹겹이 옷을 껴입고 나온다

커가면서 아랫도리부터
히니히나 벗고 모자도 벗어버리고
있는 그대로 다 보여준다

'대쪽 같다'는 그 말 때문에

시류에 휩쓸리지 않고 대대손손
알몸에다 속까지 다 비우고 산다
가문의 신념인 지조를 위해

욕바위

초등학교 등굣길에 작은 절벽을

언제부터인지 모르지만 우리는 욕바위라고 불렀다

나는 욕바위에서 글을 깨치고 온갖 욕을 다 배웠다

욕바위에는 미운 놈 욕은 천지삐까리고

좋아하는 여학생을 그려놓고 이름도 써놓고

젖가슴이 봉긋봉긋 피카소 자지보다 더 생생한 자지가

나날이 새롭게 꿈틀거렸다

월사금에 쫓겨 집으로 되돌아가다가

선생님을 향한 욕이 날아가 욕바위에 콕 찍혔다

누군가의 고자질로 선생님한테 종아리 맞은 우리는

뉘우치기보다 씨익 웃고 오히려 즐거워했다

누군가는 힘들여 지우고 누군가는 정성 들여 그리고

욕바위는 한시도 쉴 사이가 없었다 나는

욕바위에서 배운 욕을 지금도 요긴하게 써먹는다

그야말로 역사가 될 뻔한 벽화가

도로 확장공사로 인해 전설 속으로 사라졌지만

욕을 전수해 주던 욕바위는 우리의 더없는 신전이었다

초등학교 동창회 때마다 우리는

욕바위를 안주 삼아 술잔을 높이 들고 부딪치고
욕을 질펀하게 퍼내고 웃고 웃는다.
욕바위를 위하여!

청소기

집사람이 나보고
종일 텔레비전만 보지 말고
새로 사 온 청소기 좀 돌리라고 한다 나는
못 들은 척하다가
집사람 기에 눌려 돌리기는 돌리는데
먼지뿐만 아니라 벗어 둔 양말까지
쏙 빨려 들어가 청소기가 멈췄다 나는
깜짝 놀라 집사람을 불렀다
청소기가 이상하다고 물려야 할 것 같다고,
영감아, 그걸 치우고 돌려야지 영감아,
영감아, 세 살 먹은 어린애도 아니고
원수 같은 영감아, 시킨 내가 바보지
나는 집사람한테 야단맞고 속으로 웃었다,
두 번 다시 청소기 돌리라고 안 할 테니까
고맙다 힘이 센 '엘지 싸이킹' 청소기

종이컵

짐승보다 사람하고 친하다 찾는다고
쪼르르 달려가는 본새가 속도 없다는데

궂은일 좋은 일 때 가리지 않고
군말 없이 참여한다

물이든 불이든 술이든 마음까지
편견 없이 담아낸다

살고 지는 일이사
하루살이나 나나 다를 바 없지만

머리 조아리며 나를 두 손으로 받아 들고
황송해하는 사람들도 있다

토정비결

스물도 못 된 정월에
친구와 나는 용두산 공원에 갔는데
도사처럼 수염이 하얀 할아버지가 우리를 불렀다
왜 그러시냐니까
토정비결을 한번 보란다
토정비결이 무엇이냐고 물어보니까
올해 운세가 토정비결 안에 다 들어 있다고 하셨다
우리는 할아버지 앞에 쪼그리고 앉았는데
할아버지가 음력으로 생년월일을 물었다
친구와 나는 그렇게 하고 기다리는데
할아버지가 두 장을 쑥 뽑아 드시고
친구의 올해 운세는 운수대통할 운세이고
나의 올해 운세는 사그라지는 별똥 운세란다
나는 복채를 못 내겠다고 우겼다 그 대신에
좋은 운세를 뽑아주시면 복채를 내겠다고 하니까
망설이던 할아버지가 한 장 뽑아주시는데
그야말로 기똥찬 운세였다 나는 그걸 가슴 깊숙이 품고
똥개처럼 날뛰고 다녀도 그 해는 아무 탈이 없었다

고사리

고사리처럼 꼬부랑 할머니가
영감 제사상에 한 접시 올린다고
고사리를 꺾는다 고사리가
고개 치켜들면 아무짝에도 못 쓴다고
야들야들할 때 꺾어야 한다고
그래아 맛이 좋다고 고시랑고시랑
고시랑대며 고사리를 꺾는다
영감 살아생전엔 죽어서 살더니
영감 대하듯이 영감인 듯이
모가지를 잡고 비틀어서 꺾는다
꺾다가 꺾다가 해도 꺾고
할머니 치마폭에는 모가지가 꺾인
영감이 수북하다

사랑의 정거장

자식에게 받은 용돈

내 손을 꼬깃꼬깃 거쳐 손주에게로 간다

지하철에서

젊은이들은 노인으로 보고
찐 노인들은 젊은이로 보고
60대인 나는 그 경계선에 당당하게
서서 간다 종아리 알통 키우려고

세월꽃

예전엔
한 송이만 들고 있어도
서로 받겠다고
줄 섰는데

이제는
한 다발 들고 흔들어대도
누구 하나
안 쳐다본다

제4부

나무의 꿈

나무도 가끔은

바람처럼 쏘다니고 싶을 것이다

쏘다니다가 쏘다니다가

설악산 울산바위 이마도 짚어보고

관촉사 은진미륵 귀도 파주고

광한루 춘향의 그네도 밀어주고

한려수도 한 바퀴 빙 돌아서

부산 동래온천에서 다리쉼하고

서운암 된장을 맛보고 싶을 것이다

시간이 허락한다면 해외는 못 가더라도

백두산 천지는 가보고 싶을 것이다

그리고 활활 타오르는 불꽃이었다가

한 마리 새로 태어나서 살포시

나뭇가지에 앉아보고 싶을 것이다

아침이슬

비록

짧게 살다가 가지만

뭇 시인들의 사랑을 받고

노래가 되고

그 이름은

영원히 반짝반짝

쌀밥

이른 아침에 엄마가
병아리 같은 내 손을 잡고
부잣집 잔치에 일하러 가시면서
떨리는 목소리로 일러주셨다
오늘 하얀 쌀밥 먹을 때는
나물은 먹지 말고
국도 전도 먹지 말고 쌀밥은
간장만으로 고슬고슬 비벼 먹어야
한 숟가락 한 숟가락이라도
더 먹을 수가 있다고

어머니

이른 아침에

어머님이 병아리 같은 내 손을 잡고

부잣집 잔치에 일가시면서

젖은 목소리로 일러주셨지요

오늘 하얀 쌀밥 먹을 땐

나물은 먹지 말고 국도 전도 먹지 말고

쌀밥은 간장만 넣고 비벼 먹어야

한 숟가락 한 숟가락이라도 더

먹을 수가 있다고 어머니

걱정 마세요 어머니 이제는 쌀밥도

가려가며 배불리 먹고 있습니다 이 자식은

어머님의 젖은 그 목소리가 그리워

불러봅니다 어머니 어머니

가설극장

— 문화와 예술을 사랑하시는 영오 · 개천면민 여러분

안녕하십니까, 오늘 밤 낙안들 가설극장에서 여러분을 모시고

상영해 드릴 영화는 거장 이만희 감독의 '돌아오지 않는 해병'

주연에 인기배우 장동휘 구봉서 아역에 전영선 기대하시라.

손에 땀을 쥐지 않고 볼 수 없는 전쟁 영화

'돌아오지 않는 해병'……

한 해 한두 번 올까 말까 하는 가설극장

'어머님의 손을 놓고 돌아설 땐 이별의 부산정거장

두만강 푸른 물에 노 젓는 뱃사공 아아 신라의 다아알밤'

마이크가 뽑아대는 유행가는 산도들도 들뜨게 한다.

생솔가지를 삭정이로 위장한 나뭇짐

산지기 할아버지도 못 본 척 담뱃대에 불붙이고

서당 남포등은 일찍이 잠자리에 들고

동네방네가 불나방처럼 가설극장으로 모여든다.

영화는 보고 싶고 돈이 없는 우리는

굶주린 살쾡이마냥 움츠렸다가 총알맹키로

장골들 틈에 끼어 키 작은 친구 하나 먼저 들어가고

불 꺼지고, 짜르르 짜르르 대한늬우스 돌아가면

기도 눈 피해 먼저 들어간 친구의 암호에

미리 점검한 포장 밑으로 적진에 침투하는 병사들처럼

우르르 기어들어가 관객들 속에 숨어들고

전쟁영화보다 더 스릴 있고 그런 날은 우리가 주연배우고

돌아올 땐 조잡대는 무용단에 별도 따라 웃고

개선장군처럼 보무도 당당한

내 유년의 가설극장

밑천

배움이 모자라고 가진 것이 없는 나는
허리는 굽히고 머리는 숙였다
치욕스러울수록 더 굽히고 더 숙였다

그렇게 살다 보니까 굴窟 하나에 두 마리
토끼를 잡을 수 있었고 나도 모르게
허리가 펴져 있었다, 머리는 들고 있고

어쩌다 시인

구청 행사장에서
사회자가 내빈을 소개한다며 나를
시인님이 참석했다며 박수를 유도했다
나는 얼떨결에 일어나 꾸벅하고
자리에 앉았는데 온몸이 식은땀에 젖어
손가라만 만지자만지자하다가
행사가 끝나자마자 다과회도 마다하고
도망치듯 슬쩍 빠져나왔다
아직 나는 내 입으로 한 번도 시인이라고
못 해봤다 누가 묻기라도 하면
독립기업 '하얀 손' 대표이사라 하고

* 하얀 손 (백수)

홍시

봇도랑이 간당간당하고
논바닥은 울 아버지 발바닥처럼 쩍 갈라지는데
온다는 비는 소식이 없다
종아리 쥐가 났는지
이가 아린지

바람은 산그늘에 얌전히
누워 있고

꼴망태도 나도
바람 빠진 풍선처럼 배가 홀쭉하다
홀쭉한 꼴망태 깔고 앉아
멍때리다가
깜박 졸다가

아!
거기 거기에 있는데
엄마가 풀 먹인 삼베 팬티 속에 있는데

빨갛게 익어

달랑대고 있는데

침이 꿀꺽꿀꺽

목젖은 배시시

하지만

눈으로도 먹을 수가 없다

풀 먹인 삼베 팬티 속에 요롱처럼 달랑대는

빨갛게 익은 홍시

두 개

일요일

매일 매일이 일요일인 백수가
매일 매일 출근하는 사람들보다
일요일을 더 손꼽아 기다린다
놀아도 일요일이 마음 편하다고
일요일의 일기예보를 챙겨본다

산골 초등생의 바다

우와! 크다. 바다가
저 바다가 논이라면 참 좋겠다
우리 집 식구들이 하루 종일
모를 심어도 다 못 심겠다
우리 동네 사람들이 다 나서서
며칠 심고 심어도 다 못 심겠다
우리 학교 운동장보다 크다.
열 배 백배도 더 크다, 그치!

농약

홑이불만 한 텃밭에
아침저녁으로 자식처럼 돌보는데
겨우 눈만 붙은 것을 누군가가 자꾸 손댄다
하도 애가 타, 경고문을 세워 둬도
울타리를 둘러 쳐봐도 소용이 없었다
언젠가 지인이 하던 말이 생각나, 나는
밀가루를 '농약'처럼 하얗게 뿌렸다
거짓말처럼 발걸음이 뚝 끊어지고
하루가 다르게 파릇파릇 풍성하다 이제는
누군가가 조금씩 따가도 남아도는데
당최 소식이 없다, 대놓고 광고할 수도 없고
머리가 무겁다 농약을 이고 있는 것처럼

안개꽃

나보다 두 살 아래 열아홉 살
먼 집안 고모가 나만 보면 붙잡고
나보다 다섯 살 위 동네 형님을 욕했다
똥짤막한 게 곰 같이 생겨가지고
간은 겨자씨보다도 작고
찌질하기 짝이 없다고 욕했다
하도 부글부글하기에 나도 거들었다
나는 내가 아는 욕은 몽땅 퍼내고
그러고도 아쉬움이 남아 그 형님은
보면 볼수록 밥맛 떨어진다고 했다
그리고 한참 잊고 있었는데
청첩장이 날아왔다 찌질하기 짝이 없고
보면 볼수록 밥맛 떨어지는 그 형님과
백년동락百年同樂한다고

오늘의 운세

  나는 오늘의 운세를 안 보기로 했다 오늘은 동쪽에서 귀
인이 찾아올 것이고 과정의 어려움은 있으나 문서 운이 든
다는 기분 좋은 운세보다 남서 방향에 나쁜 기운이 서려 있
고 흰옷 입은 사람과 빨간 옷 입은 사람 ㄱ ㅅ 성씨와 관계
주의라는 운세가 목에 가시처럼 콕 박혀 하루 종일 아무것
도 할 수가 없었으므로 오늘의 운세가 눈앞에 알짱거릴지라
도 미안하고 서운해도 오늘의 운세는 나는 두 번 다시 안 보
기로 했다 인기가 심심풀이 땅콩이라는데도

먹고 잽이

먹고 오리발 내고

먹고 오리발 내고

먹고 오리발 내놓다가

보초 세우고 먹고

보초 세우고 잔다

돌팔이

사람은 죽어서
이름을 남겨야 한다고

집채보다 큰 바위에
제 이름 석 자

죽을 때까지 죽어라
쪼아 댄다 콕콕

흑백 영화

부산민주공원은 산복도로가 생기기 전에는
세계 최대급 노천화장실이었다
산비탈에 홍합처럼 다닥다닥 붙은 판잣집들은
수도는 물론이고 대부분 화장실이 없었다
판잣집에 방이 둘이면 하나는 세놓고
남은 방 하나에 칠팔 명이 복닥거리고 살았다
사람은 많고 공중화장실은 턱없이 부족했다
동트기 직전 나무나 덤불을 칸막이 삼아
별보다 많은 사람들이 담뱃불을 꼬나물고
끙끙거릴 때는 반딧불처럼 반짝반짝하고
단골 똥개들은 입맛에 골라 가며 조찬을 즐겼다
부산도시주거환경정비계획에 의에서
판잣집들은 '서동' 등으로 강제로 이주시키고
동구에서 중구 서구까지 산복도로가 건설되고
노천화장실은 부산민주공원으로 탈바꿈했다
그때 똥의 힘으로 부산민주공원기념탑이
키가 훤칠하고 종아리가 탱글탱글하다

잊어서는 안 되는데

아침밥을 먹다가 문득
생각난 분인데 이름이 생각나지 않는다
밥숟가락 놓고 앉았다가 섰다가 애가 탄다
내 인생에 잊어서는 안 되는 이름인데
생각할수록 생각은 오리무중이다
나는 잠시 그 생각을 내려놓기 위해
신문을 들고 화장실 변기에 걸터앉아 있어도
손톱을 깎아도 커피를 홀짝거려도
집 나가 지하철을 타고 내려도
내려놓은 생각을 내려놓지 못하고 들고 있다
나는 마지막 기름 짜듯이 혼신을 다해
'가나다라마바사자차용용용 용'하는데
서서히 안개가 걷히고 생각나는 그 이름
첫사랑 만난 것처럼 반갑다
나는 내 마음 거울 상단에 눌러 써 붙였다
그분의 이름 석 자. 잊지 않기 위해

내 고향 생금산

문암산 품 안의 동네 생금산
생금이 반짝인다는 동네 생금산
대밭등 등성이를 중심으로
까치골 정씨골 오가실골
골짝 골짝에는 토끼몰이하고
땔나무 하기 위해
울 아버지가 그랬던 것처럼
내가 지게 자리 보던 곳
한 갑자 흘렀어도 그곳은
그 모습 그대로 눈에 생생하다
어제처럼 생생하다

비판과 유머로 형상화된 시의 맛, 시의 치유

정영자

(문학평론가, 한국문인협회 고문)

시의 말은 부드럽고, 아늑하며, 불분명하고, 이미지가 서로 충돌하며 희로애락이 넘쳐서 때로는 힘없고 맥 빠지며 군말 같은 하소연과 넋두리의 한스러움으로 확산되는 경우가 많았다. 그러나 시의 말은 도발적이고, 분명하며 직설적이기도 하며 씩씩한 태도와 당당함의 서사 구조를 가지고, 맥 빠진 정신에 불같은 에너지를 충족시키는 활력을 주기도 한다. 그러한 기법의 정점에 비판과 유머라는 거칠고 여유 있는 웃음의 공간이 마련되고 있다.

현대인의 지극히 공리주의적 인생관과 유물론적 세계관의 타락상을 비판하는 시들은 진부함이나 설명적인 요소가 없다. 간결하면서도 담백한 비판적인 내용은 여유와 감동이 함께 한다. 유머란 익살스러운 농담을 의미하는 단어로, 불합리한 것, 익살스러운 것, 우스꽝스러운 것 등을 알아차리는 능력이며, 이를 흔히 인간성과 인간 행위 속에 들어 있는 근본적으로 부조리한 것으로 나타내려고 표현하는 능력이다. 유머는 우리에게 사물을 매우 다른 방식으로 볼 수 있다는 것을 보여주는 힘을 가지고 있다. 이와 같은 특성을 가진 정대인 시인의 시는 비판적이지만 한 박자 쉬고 넘는 유머가 있다.

유머와 위트, 비판 정신은 수필 문학이 필수적으로 갖추어야 할 구성 요소이다. 정대인의 시는 이와 같은 서사구조를 통하여 유머와 풍자, 비판 정신을 뚜렷하게 가지고 있다. 단순한 웃음의 제공이 아닌 공감과 감동에 의거한 사랑의 표현이다.

정대인 시인은 오랜 기간 하던 사업을 정리하고 2018년 『문학도시』에서 시인으로 등단하였으며 그동안 시집 『북소리의 꿈』(2019), 『입술을 대여해 드립니다』(2021)를 발간하고 세 번째 시집 『걸림돌』을 출간한다. 『걸림돌』은 정치사회적인 비판이 직설적인 단호함으로 노래되고 있다. 시인 자신이 정치외교학과 출신이기에 더욱 정치의 상식과 건전성을 꿰뚫고 있다. 지성인으로서 가지는 환멸이 풍자와 비판의 날로 형상화

되었다고 본다.

그의 시의 특성은 비판적, 직설적, 단호함이며 유머와 풍자, 가난한 이웃에 대한 애정과 연민, 불교적 성찰과 무위자연으로 말할 수 있다.

1. 비판적, 직설적인 정서

나를 모셔가세요.

건설 현장에서는 쓸모가 없지만

입은 살아 있습니다. 나불나불 살아 있습니다.

거짓말을 참말처럼 하는 재주가 있습니다.

끊임없이 할 수 있습니다.

분노를 부추기는 재주도 겸비하고 있습니다.

상대방은 조지고 지지자들은 꽁꽁 묶어둘 수 있습니다.

…(중략)…

나를 모셔가세요.

큰 것도 안 바랍니다.

똥색 배지! 하나면 충분합니다.

똥색 배지!

—「나를 모셔가세요」 부분

이 시대 '자리'에 대한 인간의 욕망을 노래하고 있는 시이다. 편하고 화려한 꽃방석, 풍성하고 기름진 자리와 멋지고 안락한 자리에 대한 묘사는 어떠한 자리일지라도 영원한 제자리가 아님을 나타내고 있다. 육체적인 노동은 못 하지만 입 하나만 들고 거짓말을 참말처럼 하고 분노를 부추기는 재주와 상대방을 작살내고 지지자들은 꽁꽁 묶어두는 입이 있기에 똥색 배지로 시적 자아를 표현하면서 이 시대의 정의롭지 못한 정치인을 우회적으로 비판하고 있다.

'자리'에 대한 욕망은 인간의 끝없는 권력에 대한 욕구이며, 더 좋은 자리를 선호한다는 것은 그 자리가 보장하는 물질 추구의 특성을 갈파하고 있다. 단 한마디로 입만 가지고 재잘거리는 국회의원을 비판하는 시이다.

회전의자가 탐이 나신다면

돈은 돌이라고 하고

돌은 신이라고 하고

두 손 모으고 머리 조아리고 공손하게 하고

곤란한 질문은

성질은 죽이고 눈은 부드럽게

기억나지 않는다고 기억이 없다고

전혀 기억이 없다고

증거를 내보이면

그건 측근이 한 것 같다고 나는

모르는 일이라고 알았다면

당연히 못 하게 말렸을 것이라고

그래도 들이대면

실실 웃음을 흘리시고

기회가 주어진다면 국가와 국민 민주주의 위해

봉사하겠다고 입발림해야 합니다

그래야

살아남아서 보란 듯이

이쑤시개 물고 비딱하게 앉아 뱅글뱅글

돌려 볼 수가 있습니다.

―「기출문제」 전문

　정치인의 부당한 행위를 비판하는 시이다. 뉴스 현장에서 참 많이도 본 일화의 재생 같다. 아부는 물론이고 툭 하면 '기억나지 않는다' '측근이 했다' '기회가 주어진다면 국가를 위해 봉사하겠다' 등의 정치판에서 횡행하고 있는 모르쇠의 새침데기를 풍자적 사유로 비판하는 직설적인 담론이다.

2. 유머와 풍자

"그대의 마음을 웃음과 기쁨으로 감싸라. 그러면 인체에 해로움을 막아주고 생명을 연장해 줄 것이다." 셰익스피어의 말이다. 웃으면 스트레스가 줄어들게 될 것이고, 그로 인해 더욱 건강해질 수 있다는 것을 강조하고 있다.

인간적인 따뜻함을 바탕으로 못마땅하고 동의할 수 없는 사건을 두고 유머를 활용하여 상대방의 마음을 울릴 수 있는 징검다리 역할을 할 수 있는 것은 중요한 재능이다.

집사람이 나보고
종일 텔레비전만 보지 말고
새로 사 온 청소기 좀 돌리라고 한다 나는
못 들은 척하다가
집사람 기에 눌려 돌리기는 돌리는데
먼지뿐만 아니라 벗어 둔 양말까지
쏙 빨려 들어가 청소기가 멈췄다 나는
깜짝 놀라 집사람을 불렀다
청소기가 이상하다고 물려야 할 것 같다고,
영감아, 그걸 치우고 돌려야지 영감아,
영감아, 세 살 먹은 어린애도 아니고
원수 같은 영감아, 시킨 내가 바보지

나는 집사람한테 야단맞고 속으로 웃었다,

두 번 다시 청소기 돌리라고 안 할 테니까

고맙다 힘이 센 '엘지 싸이킹' 청소기

―「청소기」 전문

    청소기 작동을 잘 몰라서 일어난 문제 때문에 청소 도우미 역할을 못 하게 된 행운을 유머러스하게 표현하여 충분하게 시적 자아의 부담을 더는 즐겁고 애교 있는 모습의 형상을 표현하여 지친 한때의 분위기를 환하게 역전시키는 묘미를 연출한 시이다. 코믹하고는 다른 애정이 넘치는 가운데 유머를 통하여 미소 짓게 하는 여유가 있다.

고사리처럼 꼬부랑 할머니가

영감 제사상에 한 접시 올린다고

고사리를 꺾는다 고사리가

고개 치켜들면 아무짝에도 못 쓴다고

야들야들할 때 꺾어야 한다고

그래야 맛이 좋다고 고시랑고시랑

고시랑대며 고사리를 꺾는다

영감 살아생전엔 죽어서 살더니

영감 대하듯이 영감인 듯이

모가지를 잡고 비틀어서 꺾는다

꺾다가 꺾다가 해도 꺾고

할머니 치마폭에는 모가지가 꺾인

영감이 수북하다

—「고사리」전문

　위의 시도 영감 살아생전에 기죽고 살다가 고사리 모가지를
잡고 꺾으며 제사상 준비를 하는 할머니의 한이 유머로 즐겁
게 표현되어 있다. "할머니 치마폭에는 모가지가 꺾인/ 영감
이 수북하다"는 객관적 상관물 '고사리'를 영감으로 대치하며
치유의 한 형태로 코믹하게 창조해 내고 있다.

울 엄마가 보리등겨에

소다와 사카린 넣고

개떡 찌는 날에는

나보다도 내 방귀가 더

신이 나서 어쩔 줄 모른다

울 엄마 손바닥만 한

개떡 하나 먹고 나면

앉아도 뿡 서도 뿡

걸어도 뿡 뛰어도 뿡

교실에서도 뿡뿡한다

—「개떡」전문

문학의 행위는 가장 순수할 때 가장 아름다운 것이고, 가장 아름다울 때 가장 감동적인 것이다. 우리는 전쟁이나 뼈아팠던 빈곤으로부터 해방되고자 노력해 왔고, 이제는 그러한 과거로부터 탈피하여 옛날보다 훨씬 더 풍요로운 삶을 살고 있는 것이다.

가난한 시절의 배고픔을 채우기 위한 '개떡'에 나타난 의성어 '뽕'은 유머의 절정이며 가난한 시절의 잊지 못할 역사며 애환이다. 시인이 형상화한 시적 구성은 유머와 위트로 가득하지만 어머니에 대한 추억을 담은 훈훈한 정경이 영상처럼 펼쳐진다.

3. 이웃에 대한 애정과 연민

내 앞에 알짱거리는
걸림돌을 걷어차다가 황소 가죽구두가 찢어지고
오른쪽 엄지발가락이 골절됐다 나는
왼발로 한 번 더 걷어차려고 하다가 마음을 고쳐먹고
걸림돌을 살살 꼬셔다가 담을 치니까
무지막지 탱크처럼 달려들던 바람은 하나같이
머리가 깨져 엉엉 울면서 되돌아간다.
국도 찬도 없는 주먹밥만 먹여줘도
나를 상전처럼 대하고 팔랑팔랑 깃발 펄럭이고

앞장서서 걸림돌이 걸림돌을 뽑는다.

걷어차는 대신에 끼고도니까 용병처럼 행동한다.

가끔 나를 팔아먹는 바람에 원성이 빗발칠 때도 있지만

새바람을 불어넣어 담금질하니까

강철보다 강하고 반짝반짝하는 돌이

걸림돌이다

—「걸림돌」 전문

정대인 시인의 시는 서사 구조가 단단하게 구성되어 있다. 걸림돌은 길을 걸을 때 걷어 방해가 되는 돌, 일을 해 나가는 데에 걸리거나 막히는 장애물을 비유적으로 이르는 말이다. 좋은 돌이라도 제 자리를 못 잡으면 걸림돌이다. 설령 좋지 않은 돌이라도 제 자리를 잘 잡으면 디딤돌이 된다. 걸림돌을 돌의 문제로 생각하는 사람은 돌을 쪼아대지만 위치의 문제로 생각하는 사람은 돌을 옮겨 디딤돌로 만든다. "길을 가다가 돌이 나타나면 약자는 그것을 걸림돌이라 하고 강자는 그것을 디딤돌이라고 말한다." 이 말은 토머스 칼라일의 말이다. 마음의 자세에 따라 결과는 엄청나게 달라진다.

힘들게 하고 뒤처지게 하는 걸림돌을 역으로 디딤돌로 삼아 지혜롭게 대처하는 사람이 성공하는 것이다. 걸림돌과 디딤돌은 같은 돌이다.

알짱거리는 걸림돌을 걷어차다가 가죽구두가 찢기고 엄지

발가락이 골절되는 상황이 벌어진다. 걸림돌을 어떻게 처리할까? 시적 자아는 걸림돌을 꼬셔 데불고 와 담을 치게 된다. 그랬더니 탱크처럼 달려들던 바람은 머리가 깨져 울면서 되돌아갔다. 새바람을 불어넣어 담금질하니까 일편단심 뿌리 깊은 걸림돌이 되어 걸림돌이 걸림돌을 뽑게 된다.

걷어차는 대신에 끼고돌았더니 용병처럼 행동한다는 관찰자 시점의 역동적인 표현으로 전환되고 있다.

시적 자아의 현명한 형상화는 정대인 시인이 즐겨 활용하는 서사 구조의 스토리를 공고하게 하는 내공의 성찰이다.

4. 불교적 성찰

걸림 없는 존재의 자유, 깨달음을 이룬 이후의 충만한 정신세계를 만날 수 있는 「부처님의 혜안」은 사유思惟하는 삶을 나타내고 있다. 불교적 우주공간에서 강요하지 않는 스스로의 깨우침을 노래하고 있다. 세속적인 분별을 철저히 떠나, 경계 없는 부처님의 법문을 알기 쉽게 설파하고 있다. 내면세계를 근원적으로 관조하여 비본질적인 자아로부터 본질적인 자아로 나아가는 자유롭고 정신적인 삶의 세계를 표현하고 있다.

부처님은 눈이 밝다
눈앞에 있는 것만 보지 않고

천리 밖에 있는 것도 보고

내일 무슨 일이 일어날지도 미리 내다보신다.

누가 무슨 짓을 하는지 다 보시지만

잘잘못을 가려서 나무라는 법이 없고

절에 한번 왔다 가라는 눈짓도 없다

오면 오는 대로 가면 가는 대로

앉으면 앉은 대로 서면 선 대로

누구는 되고 누구는 안 되고 가리질 않고

'있는 것은 있고 없는 것은 없고'

스스로 찾고 스스로 깨치길, 부처님은

지그시 바라만 볼 뿐, 인연을 앞세우지 않고

먼저 자리 뜬다고

붙들어 앉히지도 않고

　　　　　　　　　　—「부처님의 혜안慧眼」 전문

마애불의 법문은

마애불이 머금은 미소에 있다

마애불이 머금은 미소는

석공의 손과 정과 망치이고

손과 정과 망치는 석공의 법문이다

경주 남산 등산길에 우연히 만난

천년 너머 머금은 마애불 미소에

불국사 석탑처럼 층층 쌓아둔 번뇌가

한꺼번에 사르르 녹아내렸다

나는 마애불 불전에 무릎 꿇고

삼동 땀에 젖은 배낭에서 꺼낸

믹스커피 두 잔을 올렸다

한 잔은 마애불에게

한 잔은 이름 모를 그 석공에게

─「마애불의 법문」전문

    문학의 궁극적 가치는 인간의 삶을 바탕으로 하는 삶의 가치와 동일할 수밖에 없다. 문학은 인간에 의한, 인간의 총체적인 내용을 묘사하고, 그 총체적인 내용을 통하여 사람들에게 보내는 애정을 근간으로 한다.

    문학은 폭력도 아니며, 거대한 힘을 가지지도 않는다. 또한 한꺼번에 일어나고 소멸하는 기분적이고, 모방적이며, 일시적이고 한계적인 것이 아니다. 우리들의 정신을 지배하고 우리들의 정서적 감정을 순화시키고 때로는 열화같이 뜨겁게 타오르기도 하고 넘치게도 하는 신비의 묘약이요, 환상의 힘이다.

천리 밖에 있는 것을 보고 경계 없이 차별 없이 오는 대로 가는 대로 차별하지 않는 평등과 기다림 속에 스스로 깨치길 바라는 넉넉한 부처님의 세계와 마애불의 천년 미소에서 번뇌가 녹아내리는 의미를 형상화한 불교적 성찰이 돋보인다.

"없다. 없다. 없는 것이다"라고 외치던 다다이스트들이 전통적인 과거의 모든 것을 파괴한 뒤에 도달한 것은 자기파괴밖에 없었다. 반항적, 부정적, 파괴적 열광이 식어버린 그들의 문학운동이 3년이라는 극히 작은 시기에 끝나버린 것이다.

모든 예술은 인간을 인간답게 하는 목적을 가지고 바르고 복된 삶을 구가하는 데 그 의의를 가지고 있다.

문학 이외의 모든 정치 · 사회 · 경제 · 역사에는 전혀 관심이 없이 오직 문학 자체만이 목적인 순수문학이 이 시대에는 불가능하다. 직접적인 정치 · 사회 · 경제 · 역사의 문제들이 거론되지 않았다 하더라도 작품 내용에는 당대의 여러 가지 내용과 현실이 우회적으로 혹은 상징적으로, 또는 고도의 비유법으로 표현되고 있는 것이다.

시는 저절로 태어나는 것인가, 시인 정신의 위대한 작업으로 만들어지는 것인가. 어떻게 획일적인 답을 할 수 있으랴. 저절로 태어나면서 만들어지는 예술적 세계의 끝없는 창조와 변함없는 영혼의 순수는 다양한 복합체의 생성적 양상을 거울 삼고 있다. 절망과 외로움, 지칠 대로 지친 육신과 영혼은 어

둠 속에서 그리고 밤의 긴 휴식 속에서 새로운 아침의 힘찬 박
동과 출발을 위해 유머와 위트로 어렵고 지난한 정치사회의
비정상적인 것의 정상을 위하여 정대인 시인은 시를 활용하여
발언하고 있는 것이다. 그러한 발언의 의미는 시로 인한 치유
의 씻김이요 위로이면서도 저항적 충언이요 경고이기도 하다.

ㅣ **정대인** ㅣ

경남 고성에서 출생했다. 동아대학교 정치외교학과를 졸업했으며,
2018년 『문학도시』로 등단했다. 시집으로 『북소리의 꿈』 『입술을
대여해 드립니다』가 있다.

이메일 : jungdi48@naver.com

현대시 기획선 106
걸림돌
초판 인쇄 · 2024년 6월 25일
초판 발행 · 2024년 6월 30일
지은이 · 정대인
펴낸이 · 이선희
펴낸곳 · 한국문연
서울 서대문구 증가로29길 12-27, 101호
출판등록 1988년 3월 3일 제3-188호
편집실 ㅣ 서울 서대문구 증가로31길 39, 202호
대표전화 302-2717 ㅣ 팩스 · 6442-6053
디지털 현대시 www.koreapoem.co.kr
이메일 koreapoem@hanmail.net

ⓒ 정대인 2024
ISBN 978-89-6104-357-1 03810

값 12,000원

＊ 잘못된 책은 바꾸어 드립니다.

＊ 본 시집은 2024년 부산광역시, 부산문화재단 〈부산문화예술지원사업〉으로 지원을 받
았습니다.

.